Picotine

et l'Homme aux Ballons

D1313449

Picotine

et l'Homme aux Ballons

LINDA WILSCAM

ILLUSTRATIONS DE GABRIELLE GRIMARD

Québec Amérique

Catalogage avant publication de Bibliothèque et Archives nationales du Québec et Bibliothèque et Archives Canada

Wilscam, Linda
Picotine et l'homme aux ballons
(Mini-bilbo ; 44)
(Picotine ; 1)
Pour enfants.
ISBN 978-2-7644-1315-9
I. Grimard, Gabrielle. II. Titre. III. Collection : Mini-bilbo ; 44.
PS8595.I578P52 2012   jC843'.54   C2011-942277-8
PS9595.I578P52 2012

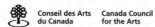

Nous reconnaissons l'aide financière du gouvernement du Canada par l'entremise du Fonds du livre du Canada pour nos activités d'édition.

Gouvernement du Québec – Programme de crédit d'impôt pour l'édition de livres – Gestion SODEC.

Les Éditions Québec Amérique bénéficient du programme de subvention globale du Conseil des Arts du Canada. Elles tiennent également à remercier la SODEC pour son appui financier.

Québec Amérique
329, rue de la Commune Ouest, 3ᵉ étage
Montréal (Québec) H2Y 2E1
Téléphone : 514 499-3000, télécopieur : 514 499-3010

Dépôt légal : 1ᵉʳ trimestre 2012
Bibliothèque nationale du Québec
Bibliothèque nationale du Canada

Projet dirigé par Stéphanie Durand
Révision linguistique : Diane-Monique Daviau et Chantale Landry
Mise en pages et conception graphique : Nathalie Caron
Illustrations : Gabrielle Grimard

Imprimé au Canada

Linda Wilscam et Michel Dumont sont les auteurs de l'idée originale et des textes de la série Jeunesse PICOTINE réalisée et diffusée par Radio-Canada.

À Nathou…
… qui adore les mots
et tout ce qui est
«inventé».

CHAPITRE 1

Le Comté des Mille Cœurs

PICOTINE ferme les yeux et tourne doucement la tête pour sentir la merveilleuse odeur qui flotte dans son jardin.

C'est le printemps! Ça sent le lilas et le muguet!

—Ouf! Je pense que mon jardin n'a jamais senti aussi bon «même même»!

Picotine a une drôle de façon de parler. Elle ajoute des «même même» à tout ce qu'elle dit. Elle a une drôle de maison aussi, elle habite le vieil arbre d'un petit jardin situé dans le Comté des Mille Cœurs.

—Peut-être que ça sent encore meilleur là-haut? se dit Picotine.

—Citronnette de citronnette, elle s'imagine quoi cette

Picotine la picotée ? grogne Poildepluch, le gros chien de Picotine. Ça ne sent pas plus dans son arbre. Ça sent… partout ! PARTOUT ! ! PARTOUT ! ! ! Et moi, j'ai le nez qui n'arrête pas de piquer ! ! ! citronnette de citronnette.

Poildepluch n'aime pas beaucoup les odeurs fortes. Il n'est plus très jeune et il est un peu grognon et paresseux aussi. Picotine l'adore et elle le transporte toujours dans ses bras parce qu'elle trouve qu'il est devenu bien **lent** !

—Je grimpe ! décide Picotine la curieuse.

Elle est à peine au milieu de l'échelle qui lui sert d'escalier que Naimport Tequoi, son ami, arrive en courant et en criant :

— Picotine, Picotine! Es-tu là, j'espère?

En soupirant un tout petit peu, Picotine redescend.

Naimport Tequoi est tout agité et il n'arrête pas de gesticuler.

— Est-ce que tu l'as vu, est-ce que tu l'as vu, j'espère ? !

Picotine ne comprend rien du tout à ce qu'il raconte. Naimport Tequoi a l'habitude de bousculer tous les mots et parfois, on ne saisit pas très bien ce qu'il veut dire.

—Alors là, j'ai pris un sou dans ma tirelire. Mais…. il a complètement disparu! Il est où? Il est où, lui?

—Calme-toi, Naimport Tequoi. Qu'est-ce que tu racontes même même? De qui parles-tu? demande Picotine.

—Du monsieur vendeur de ballons, j'pense! Alors là, il ne s'est pas envolé, j'espère.

Les yeux de Picotine s'ouvrent tout grands! Elle adore les ballons multicolores qui flottent dans l'air et elle voudrait en acheter beaucoup beaucoup !

— Il y a un Homme aux Ballons dans les environs ! Tu en es sûr même même, Naimport Tequoi ?

— Alors là, j'pense que oui, j'pense. Mais … je sais plus où il est passé !

— Un Homme aux Ballons ! Il dit n'importe quoi ce clown ! Je n'en ai pas vu dans le Comté des Mille Cœurs depuis si longtemps… que je ne sais plus à quoi ça ressemble, citronnette de citronnette, ronchonne Poildepluch.

CHAPITRE 2
À la recherche de l'Homme aux Ballons

Picotine monte à toute vitesse dans son arbre pour aller chercher la plus grosse de ses tirelires. Elle revient dans le jardin et, avec l'aide de Naimport Tequoi, elle la fait éclater en mille morceaux! Ils ramassent autant de sous qu'ils le peuvent. Il y en a tellement, qu'ils ne savent plus quoi en faire !

Naimport Tequoi continue à en mettre tout plein dans ses poches même si elles débordent !

— On y va ! lance joyeusement Picotine.

— Mais Picotine, s'interroge Naimport Tequoi, t'es sûre que c'est une bonne idée ? J'pense que j'sais plus où il faut aller pour le trouver, j'pense ! Il a complètement disparu l'Homme aux Ballons…

— Mais non, il n'a pas disparu, affirme Picotine. Il faut

bien même même qu'il soit
encore quelque part autour
d'ici. Il n'est pas perdu, tu vas
voir. On va le retrouver !

On entend soudainement
comme un ronron qui se
rapproche de plus en plus…

Ballons, ballons, ballons !
Soyez gentils, soyez mignons,
Achetez-moi DES BALLONS,
DIX SOUS SEULEMENT,
DIX SOUS TOUT ROND.

Picotine prend Poildepluch
dans ses bras et entraîne
Naimport Tequoi.

BALLONS, BALLONS, BALLONS !
SOYEZ GENTILS, SOYEZ MIGNONS,
ACHETEZ-MOI DES BALLONS,
DIX SOUS SEULEMENT,
DIX SOUS TOUT ROND !

Bientôt,
Picotine et
Naimport
Tequoi se
retrouvent
devant un très
très étrange
monsieur. Ce
monsieur-là est si
grand qu'ils doivent

lever la tête le plus haut possible pour bien voir son visage.

Picotine est très surprise. Elle a toujours cru que les vendeurs de ballons avaient de beaux visages tout gais et tout souriants. Or, le monsieur qu'elle regarde a l'air un peu triste, même s'il a de belles grosses joues rondes. On dirait qu'il n'est pas vraiment là, qu'il pense à quelque chose qui lui fait beaucoup de peine.

Naimport Tequoi, lui, est épaté par le merveilleux costume que porte le marchand. C'est un costume avec des manches bouffantes et une culotte courte toute gonflée! Comme ils sont beaux les ballons qui flottent en bouquet sur des bouts de ficelle dans la main du vendeur! Naimport Tequoi n'en revient pas...

— Bonjour, dit Picotine, on voudrait acheter des ballons, plusieurs même même! On a des tas de sous, vous savez.

— Alors là, moi, j'en veux un assez pas mal jaune, j'pense, crie Naimport Tequoi.

— Et moi, un rouge même même, lance Picotine en riant.

L'étrange monsieur les
regarde tristement et répète
encore et encore :

> BALLONS, BALLONS, BALLONS !
> SOYEZ GENTILS, SOYEZ MIGNONS,
> ACHETEZ-MOI DES BALLONS,
> DIX SOUS SEULEMENT,
> DIX SOUS TOUT ROND !

Picotine trouve le Monsieur
aux Ballons très mystérieux.
Pourquoi est-il si triste, et
pourquoi les regarde-t-il
de cette drôle de façon ?
Qu'est-ce qu'il a ?

Naimport Tequoi s'énerve
un peu et réclame sans cesse
un ballon jaune. Poildepluch,
de son côté, pense que ce

« monsieur-là » est sûrement sourd, citronnette de citronnette.

L'Homme aux Ballons les regarde comme s'il ne les voyait pas et… il s'en va !

— Alors là, j'pense qu'on peut pas en acheter des ballons, j'pense ! dit Naimport Tequoi, déçu.

— Je comprends rien du tout même même ! lui répond Picotine. On va aller tout raconter à Fantoche ! Viens Naimport Tequoi.

CHAPITRE 3
Le conseil de Fantoche

Fantoche est le
meilleur ami de
Picotine. Il habite
un Château de
Cartes. C'est
un monsieur
sérieux,
optimiste,
décidé…. qui
trouve toujours
une solution à
tout ! Picotine a

énormément confiance en lui. Il a l'air un peu distrait mais c'est parce qu'il fait des expériences scientifiques très très compliquées dans son laboratoire. Cela l'absorbe beaucoup, alors, il a la tête ailleurs de temps en temps!

— Résumons la situation, déclare Fantoche avec autorité. Vous voulez retrouver un monsieur qui est triste et muet et qui vend des Ballons dans le Comté des Mille Cœurs. C'est ça?

— Ouais c'est ça, j'pense, dit Naimport Tequoi. Je veux

acheter un ballon qui tient tout seul dans les airs !

— Il ne tient pas tout seul, lui apprend Fantoche. C'est à cause de l'hélium. L'hélium, c'est un gaz plus léger que l'air qui permet aux ballons de voguer dans les airs…. comme les bateaux sur l'eau !

— Ah… fait Naimport Tequoi. J'pense que je l'savais pas, j'pense !

Fantoche éclate de rire et dit :

— Écoutez, je crois qu'il est un peu tard et qu'il serait plus sage de réfléchir à tout cela jusqu'à demain matin. Si le vendeur de Ballons se promène dans le Comté des Mille Cœurs, il sera encore là.

— Tu crois, Fantoche ? demande Picotine, inquiète.

— Moi, j'pense que ce sera trop tard j'pense, dit Naimport Tequoi, des sanglots dans la voix.

— Mais non, mais non, les rassure Fantoche. Vous verrez, nous réussirons à comprendre le comportement de ce monsieur si étrange et nous le retrouverons. Alors à demain, dans le jardin de Picotine, après le petit-déjeuner.

— Citronnette de citronnette, grogne Poildepluch. On verra bien si Fantoche il est aussi malin qu'il le dit !

CHAPITRE 4
L'étourderie de Naimport Tequoi

Le lendemain matin, Picotine vient à peine de se réveiller qu'elle entend la chanson triste de l'Homme aux Ballons s'élever quelque part au fond de son jardin.

Dans sa maison en

forme de fleur, Naimport Tequoi la reconnaît lui aussi. Même Fantoche, qui travaille à une expérience scientifique dans son laboratoire, lève la tête et perçoit au loin la mélodie du vendeur de ballons.

Quelques instants plus tard, ils se retrouvent tous les trois près de la petite rivière bien avant l'heure à laquelle ils s'étaient donné rendez-vous. L'Homme aux Ballons est là et il fredonne sa rengaine :

BALLONS, BALLONS, BALLONS !
SOYEZ GENTILS, SOYEZ MIGNONS,
ACHETEZ-MOI DES BALLONS,
DIX SOUS SEULEMENT,
DIX SOUS TOUT ROND !

Picotine s'approche de Fantoche et lui murmure quelque chose à l'oreille.

En guise de réponse, Fantoche sourit et fait « oui » avec sa tête.

Alors, Picotine s'avance lentement, doucement, presque sur la pointe des pieds, vers l'Homme aux Ballons.

— Bonjour ! Je m'appelle Picotine, dit-elle gentiment, et voilà mes amis Fantoche et Naimport Tequoi.

Le monsieur la regarde sans sourire, sans rien dire. Picotine continue courageusement de

lui parler. Elle essaie de savoir
s'il ne veut pas se reposer un
peu, s'il se sent bien et s'il veut
leur vendre des ballons.

Mais le monsieur ne répond
pas.

C'est le silence le plus
épouvantable que Picotine ait
jamais entendu!

Fantoche lui
jette un coup
d'œil et
comprend
tout de
suite qu'il
faut
absolument

qu'il fasse quelque chose.
Mais… quoi?

Il n'a pas le temps de réagir
que sa réflexion est
interrompue par un BANG qui
fait sursauter tout le monde!

Que se passe-t-il?

Il se passe que Naimport
Tequoi l'étourdi tournait sans
cesse autour du gros bouquet
de ballons et qu'il tirait sur
toutes les ficelles. Le petit
ballon bleu vient d'éclater!!!

Picotine a les larmes aux
yeux. Fantoche s'apprête à
intervenir, mais à la grande
surprise de tous, l'Homme aux

Ballons sourit gentiment. Très gentiment. Et voilà même qu'il se met à parler!

— **BONJOUR, JE M'APPELLE ANTONIN. BONJOUR, JE M'APPELLE ANTONIN. MERCI. MERCI BEAUCOUP. VOUS ÊTES TRÈS GENTILS.**

Picotine et Naimport Tequoi n'en reviennent pas. Ils ont les yeux ronds comme des ballons! Naimport Tequoi s'excuse. Il ne voulait pas faire éclater un ballon! Il a seulement tiré sur une ficelle et… BANG!… OH! OH!!! En refaisant le même geste, Naimport Tequoi vient de faire éclater un DEUXIÈME ballon!

Cette fois, le vendeur de ballons va sûrement se fâcher!

Mais, étonnamment, Monsieur Antonin se remet à parler!

— Écoutez-moi…

Il y a un pays de toutes les couleurs…

Écoutez-moi…

C'est merveilleux!

Je m'appelle Antonin, je m'appelle Antonin.

Aidez-moi…

Puis, il se tait à nouveau.

CHAPITRE 5

Picotine a une idée

Fantoche s'approche doucement de Monsieur Antonin et lui demande si le pays des mille couleurs est le pays d'où il vient. En guise de réponse, l'Homme aux Ballons fredonne d'une toute petite voix endormie :

— BALLONS BALLONS
QUI MONTEZ DANS LE VENT
BALLONS BALLONS
QUI MONTEZ DANS LE VENT

ÉCOUTEZ MA CHANSON
QUI VOUS DIRA LE TEMPS
OÙ LES ENFANTS JOUAIENT
AVEC DES CERFS-VOLANTS…

—Quelle jolie chanson, murmure Picotine.

—Je m'appelle Antonin. Aidez-moi! Aidez-moi! répète le vendeur de ballons.

Il redevient triste, soulève sa gerbe de ballons et reprend sa ritournelle:

— BALLONS, BALLONS, BALLONS!
SOYEZ GENTILS, SOYEZ MIGNONS,
ACHETEZ-MOI DES BALLONS,
DIX SOUS SEULEMENT,
DIX SOUS TOUT ROND.

— Mais qu'est-ce qu'il a
celui-là, citronnette de
citronnette ! Pourquoi il répète
toujours les mêmes choses ?
se demande Poildepluch.

Fantoche, qui réfléchissait très fort depuis un moment, s'approche de Picotine et de Naimport Tequoi et leur dit tout bas :

—Avez-vous remarqué que Monsieur Antonin s'est mis à parler au moment où Naimport Tequoi a crevé les ballons ?

—C'est vrai même même ça ! s'écrie Picotine.

—Je crois qu'il faut faire éclater un autre ballon ! déclare Fantoche.

Naimport Tequoi n'en croit pas ses oreilles ! Fantoche veut crever un autre ballon !?!

—T'es sûr même même
que c'est ce qu'il faut faire ?
demande Picotine.

—Je ne suis sûr que d'une
chose, répond Fantoche. C'est
qu'il faut à tout prix essayer
d'aider Monsieur Antonin et je
ne vois pas, pour le moment,
d'autre façon de le faire !

—Alors, j'ai une idée, dit
Picotine. Attendez-moi, je
reviens tout de suite !

Elle dépose Poildepluch
dans les bras de Fantoche et
disparaît en courant.

CHAPITRE 6

Le secret
de Monsieur Antonin

Quelques minutes plus tard, Picotine est de retour et elle tient deux énormes aiguilles à tricoter. Elle s'approche de Monsieur Antonin qui a l'air de somnoler et, tout en fermant les yeux très fort, elle pique ses aiguilles dans le gros bouquet de ballons.

BANG!!

Picotine, Fantoche et Naimport Tequoi attendent

impatiemment la réaction du vendeur de ballons.

Monsieur Antonin ouvre d'abord les yeux, regarde autour de lui et s'exclame :

— C'est merveilleux !

C'est moi, Antonin.

C'est moi qui ai chassé le génie qui faisait peur aux enfants de mon village.

— Un GÉNIE ! s'écrie Picotine.

— Chut ! proteste Fantoche.

— Mais… avant de s'enfuir, continue l'Homme aux

Ballons, le mauvais génie m'a jeté un sort.

Puis, il se tait de nouveau.

— Vas-y Picotine! crie Fantoche, il faut crever d'autres ballons.

Et Picotine, sans hésiter cette fois, crève deux autres ballons.

Monsieur Antonin poursuit son récit :

— Le génie m'a regardé droit dans les yeux et il m'a dit : « JE T'ENFERMERAI DANS LE VENTRE DE TES BALLONS...

— Oh, le méchant génie même même même ! s'écrie Picotine.

— TU SERAS PRISONNIER JUSQU'À CE QUE… JUSQU'À CE QUE…

Picotine jette un regard effrayé à Fantoche. Celui-ci s'empare d'une aiguille et perce un autre ballon.

— … JUSQU'À CE QU'UN JOUR ON TE LIBÈRE EN LES CREVANT. »

— Alors là, j'pense que c'est très vilain, j'pense ! déclare Naimport Tequoi, indigné.

— … Et depuis ce jour-là, raconte tristement Monsieur

Antonin, j'ai erré partout sans souvenirs et sans mémoire. Mais vous m'avez libéré! C'est merveilleux! Le mauvais sort s'en est allé, et je me sens léger, léger comme un oiseau de printemps!

Lé……

— Allez Picotine, s'écrie Fantoche. Cette fois, vas-y! Crève-les tous. TOUS!!!

— Oh oui! dit Picotine, tout heureuse. Mais il y en a beaucoup! Aide-moi, Naimport Tequoi.

BANG! BANG! BANG! BANG! BANG!

Les ballons, qui ressemblent à des soleils de toutes les couleurs, éclatent joyeusement sous les rires de Picotine et de Naimport Tequoi. Ils éclatent tous jusqu'au dernier !

— … ger ! Léger ! s'extasie le vendeur de ballons en terminant le mot laissé en suspens.

Tous rient de bon cœur

devant le bonheur de Monsieur Antonin.

— Ben ça alors, grogne Poildepluch, c'est une drôle d'histoire ! Des ballons, des mauvais génies… J'ai bien peur de pas avoir très bien compris, moi, citronnette de citronnette ! Enfin, l'important, c'est que le monsieur, il ait l'air content, non ?

Picotine est très excitée ! Elle veut absolument

en savoir davantage sur le
méchant génie qui a enfermé
le cœur de Monsieur Antonin
dans le ventre de ses ballons.
Fantoche déclare que pour
écouter la longue histoire de
monsieur Antonin, il vaut
mieux aller s'installer
confortablement au pied
de l'arbre de Picotine.

CHAPITRE 7
La vengeance du génie

Lorsqu'ils ont retrouvé la tranquillité du jardin et qu'ils sont un peu remis de leurs émotions, le vendeur de ballons raconte que le génie était un très vieux génie et qu'il avait particulièrement mal vieilli. Il était devenu maussade et aigri. Il regrettait sans cesse le temps passé.

Il ne prenait plus aucun plaisir à regarder les enfants rire et faire des rondes.

Il ne souriait plus lorsqu'il voyait des cerfs-volants planer dans le ciel bleu.

— Dans mon village, dit Monsieur Antonin, personne n'aimait vraiment le génie, parce que tous savaient qu'il pouvait jeter les sorts les plus terribles, mais personne ne l'ennuyait ni ne lui faisait du mal. Non ça, jamais !

Mais voilà que le génie
— qui n'était pas encore trop
mauvais — se mit à faire de
vraies bêtises. Les jours de
grand vent, il empêchait les
cerfs-volants de monter dans
le ciel. Il arrêtait sans cesse les
courses folles des enfants
dans les prés en les
faisant trébucher. Il
tirait leurs chats par la queue.
Il faisait fondre leur crème
glacée… Bref, il passait tout
son temps à ne faire que
des choses détestables ! Les
enfants ne pouvaient plus jouer
ni se promener sans craindre
le génie malfaisant. Alors, ils

inventèrent mille et un tours ingénieux pour signifier au génie que ça ne se passerait pas comme ça!

Cela rendit le génie **FURIEUX**. Il devint de plus en plus méchant et on le surnomma le **MAUVAIS MAUVAIS** génie.

Bientôt, les enfants ne purent plus sortir du tout : le génie malfaisant les attendait dans les coins sombres et leur faisait si peur qu'ils devaient courir, courir, courir… jusqu'à en être morts de fatigue et à bout de souffle.

Cela ne pouvait plus durer. On se réunit et on décida que le mauvais génie devait être chassé du village. C'est moi, Monsieur Antonin, le vendeur de ballons, qui fus désigné par le sort pour accomplir cette tâche difficile.

Je donnai rendez-vous au génie sur une petite colline pour lui annoncer qu'il était banni, qu'il devait quitter notre village et ne plus jamais y revenir.

Le génie prit très mal la chose. Il jura qu'il trouverait une vengeance digne d'un… **HORRIBLE** génie !

Quelque temps plus tard, continue Monsieur Antonin, je quittai mon village pour aller vendre mes ballons dans le voisinage.

Tout alla très mal, très vite : je trébuchais sans cesse sur de vieilles branches mortes posées en travers de la route et qui disparaissaient aussitôt.

Souvent,
alors même que la journée était chaude, il se mettait à faire très froid et la pluie tombait sans arrêt. La route

était toujours déserte et même les animaux me fuyaient plutôt que de venir me saluer comme à l'habitude. Il me semblait que c'était le pire voyage que j'avais jamais fait et je commençais à me dire qu'il y avait quelque chose de bizarre là-dessous.

L'abominable génie se manifesta alors à moi et il jeta son horrible sort : il m'enferma dans le ventre de mes ballons ! Je ne pouvais plus parler !!!

J'ai marché longtemps, longtemps. J'étais terriblement triste et très malheureux.

J'étais absent à tout ce que j'aimais et à tous ceux à qui j'aurais voulu parler.

Monsieur Antonin regarde alors Picotine, Fantoche et Naimport Tequoi avec beaucoup de tendresse et s'exclame tout à coup :

— Maintenant, c'est terminé ! Vous m'avez délivré de ce mauvais sort ! C'est merveilleux ! Je suis à présent libre et heureux. Je peux de nouveau regarder, écouter, parler, sentir et je ne veux plus jamais penser à ces affreux moments et à cet épouvantable génie ! Je ne souhaite plus qu'une chose : retourner dans mon village que j'aime tant.

— Et le mauvais génie ? Il ne va pas continuer à vous poursuivre ? s'inquiète Picotine.

— Elle a raison, c'est une possibilité. Il faut absolument l'envisager, dit Fantoche. Tôt ou tard, il apprendra que vous êtes libéré du mauvais sort qu'il vous a jeté.

— Alors là, ça c'est sûr, j'pense, parce qu'un mauvais génie, c'est un mauvais génie, j'pense ! déclare Naimport Tequoi.

—Ouais, pour une fois, citronnette de citronnette, il n'a pas tort ce Naimport Tequoi, admet Poildepluch.

CHAPITRE 8
L'heure du départ

Monsieur Antonin éclate d'un grand rire qui fait trembler tout le jardin de Picotine et déclare :

— Le génie ne pourra rien faire du tout, parce qu'… IL N'Y A PLUS ! … de mauvais génie.

— Comment ça même même ? s'exclame Picotine.

— L'horrible créature réussissait à prendre tous les

visages et toutes les formes,
explique le vendeur de ballons.
Il savait se faire ruisseau,
nuage, vent, arbre, oiseau. Un
jour, il s'est caché au sommet
d'un arbre gigantesque, le plus
haut de toute la forêt. Une
violente tempête s'est levée et
le vent souffla si fort que le
grand arbre trembla de toutes
ses branches. Le ciel devint
sombre et noir et la foudre
piqua droit sur le grand arbre
dans un bruit de tonnerre !
Un éclair traversa le ciel en
colère et s'abattit juste au
sommet de l'arbre. Le mauvais
génie fut foudroyé et il disparut
À JAMAIS !

— Bravo, Bravo ! Bravo !
crient Naimport Tequoi, Picotine
et Fantoche.

Même Poildepluch grogne
de plaisir.

— J'ai échappé au mauvais
génie grâce à la nature,
philosophe Monsieur Antonin.
Et maintenant, je peux rentrer
tranquillement chez moi.

— Il faut vraiment que vous
partiez ? demande un peu
tristement Picotine.

Monsieur Antonin lui
répond qu'il a tellement hâte
de retrouver son village que
c'est la chose qu'il désire le

plus au monde! Son village est si beau et si particulier! Il n'y en a pas deux comme lui!

—À quoi il ressemble même même votre village? lui demande Picotine.

—Partout, dit Monsieur Antonin, partout dans mon village, il y a des ballons qui flottent au-dessus des maisons et des centaines d'enfants qui les regardent.

—Alors là, ça doit être assez pas mal beau un village comme ça, j'pense, commente Naimport Tequoi, ébahi.

—Ah oui, très très beau, dit Picotine, rêveuse. Peut-être qu'un jour on ira voir Monsieur Antonin là-bas dans son village, hein, Fantoche ?

Fantoche sourit et lui répond tendrement :

— Peut-être, Picotine !

Alors, Monsieur Antonin ramasse son baluchon et se met à chanter doucement tout en s'éloignant :

— BALLONS BALLONS
QUI MONTEZ DANS LE VENT
BALLONS BALLONS
QUI MONTEZ DANS LE VENT

ÉCOUTEZ MA CHANSON
QUI VOUS DIRA LE TEMPS
OÙ LES ENFANTS JOUAIENT
AVEC DES CERFS-VOLANTS

BALLONS BALLONS
QUI MONTEZ DANS LE VENT
BALLONS BALLONS
QUI MONTEZ DANS LE VENT

ÉCOUTEZ MA CHANSON
QUI VOUS DIRA LE TEMPS
DE MA JOIE, DE MA PAIX,
DE MON BONHEUR D'ENFANT.

Bientôt, Picotine, Fantoche et Naimport Tequoi ont du mal à apercevoir la silhouette de Monsieur Antonin. Il s'est tellement éloigné d'eux qu'il est devenu tout petit.

Picotine continue tout de même à regarder au loin et elle pense très fort à l'incroyable histoire de Monsieur Antonin. Elle se dit qu'il aura toujours une place dans son cœur parce qu'elle ne l'oubliera jamais. Elle sait que, très souvent, elle rêvera au merveilleux village de l'Homme aux Ballons.

Une brève histoire du
« monde picotinien »

Les personnages
de Picotine et de ses
amis ont d'abord
peuplé l'univers d'une
pièce de théâtre pour enfants
jouée au Piggery à North
Hatley et en tournée dans les
Cantons-de-l'Est à l'été 1970.

Ils se sont ensuite
transportés à la télévision de
Radio-Canada où la série
PICOTINE a été créée en 1972.

Près de quatre-vingt émissions ont fait rêver les enfants de plusieurs générations et continuent toujours de le faire puisque certaines d'entre elles sont disponibles sur DVD.

La merveilleuse histoire de *Picotine et l'Homme aux Ballons* nous emmène dans le Jardin des Mille Cœurs pour nous faire partager une des aventures de Picotine…
« la picotée ! », comme la surnomme tendrement son chien Poildepluch.

Linda Wilscam

LINDA WILSCAM

Dès sa sortie du Conservatoire d'art dramatique de Montréal, Linda Wilscam connaît le succès comme auteure et comme comédienne grâce au personnage de Picotine. Depuis, elle cumule les expériences d'écriture, d'interprétation, de mise en scène et d'enseignement en théâtre, en dramaturgie et en scénarisation. *L'Homme aux Ballons* est sa première publication chez Québec Amérique.

GABRIELLE GRIMARD

Gabrielle Grimard dessine depuis longtemps. Étudiant en arts plastiques au CÉGEP, en Beaux-arts à l'Université Concordia et en enseignement des arts à l'UQAM, elle n'a de cesse de créer princesses et papillons, et d'illustrer la joie ou la tristesse de tous les coins du monde. Des galeries d'art aux livres pour enfants, son talent se décline avec douceur au Québec comme aux États-Unis.